AF390957

* 9 7 8 9 9 4 8 8 0 1 0 4 7 *

حسن بلال

الرحلة

AUSTIN MACAULEY PUBLISHERS™

LONDON • CAMBRIDGE • NEW YORK • SHARJAH

الرقم الدولي الموحد للكتاب 9789948801047 (غلاف ورقي)
الرقم الدولي الموحد للكتاب 9789948801054 (كتاب إلكتروني)

رقم الطلب: MC-10-01-2434430
التصنيف العمري: E

تم تصنيف وتحديد الفئة العمرية التي تلائم محتوى الكتب وفقًا لنظام التصنيف العمري الصادر عن وزارة الثقافة والشباب.

الطبعة الأولى 2023
أوستن ماكولي للنشر م. م. ح
مدينة الشارقة للنشر
صندوق بريد [519201]
الشارقة، الإمارات العربية المتحدة
www.austinmacauley.ae
+971 655 95 202

شكر وتقدير

أهدي كتابي هذا إلى زوجتي وتوءم روحي.

قال رسول الله صلَّى الله عليه وسلَّم: "الدنيا متاع، وخير متاع الدنيا المرأة الصالحة".

رواه مسلم

الصديق

بدأت أشعَّة الشمس تشرق في فجر يوم جديد في عام 2003، حيث كان بالأمس إعلان أسماء خريجي الثانوية العامة، واليوم هو يوم جديد لهم، يبدأ كل إنسان منهم رحلة وسعادة جديدة، شخص يبدأ بالبحث عن وظيفة، وآخَر يترقَّب رحلة دراسية جديدة، وهناك مَن ينتظر هديَّة جديدة قد تكون سيَّارة قد وعدَه أبَواه بها.

أمَّا بطل قصِّتنا، فتنتظره مغامرة جديدة ستغيِّر حياته للأبد.

يستيقظ علي علَى صوت منبِّه صلاة الفجر، ليقفز مِن سريره مسرعًا ليتوضَّأ لأداء صلاة الفجر في غرفته.

وبعد أن فرغ مِن صلاته نظر إلى الجهة المقابلة للغرفة، حيث حقيبته التي خطَر في ذهنه أن يضع بها بعض لوازم الرحلة التي ينوي القيام بها مع صديق الطفولة.

يرنُّ هاتفه والمتَّصِل صديق الطفولة (خالد):

خالد: أين أنت؟! هل ما زلتَ نائمًا؟!

علي: كنتُ أصلِّي، هل أنتَ في الخارج؟

خالد: نعم، هيّا بسرعة قبل أن تشرق الشمس وترتفع حرارة الجو.

علي: حسنًا، دعني أجلب حقيبتي، وسأخرج إليك حالًا.

يرتدي علي قبَّعته، ويتَّجِه مسرعًا إلى حقيبته، ويبدأ بجمع بعض الأشياء الملقاة على طاولته، ويضعها في الحقيبة.

يضع في حقيبته (منشفة، ونظَّارة خاصَّة للغوص، وبعض الشيكولاتة، وقنينة ماء، ومحفظته).

يحمل الحقيبة ويتَّجِه مسرعًا نحو باب غرفته، ويقف فجأة:

يااااه! كدتُ أنسى هاتفي.

يعود إلى الدرج بالقرب مِن سريره، ويلتقط هاتفه، ليجد بأنه قد نسي وضعَه على الشاحن، والبطارية تكاد تنفد.

يحمل سلك الشاحن، ويضعه في حقيبته، ويخرج مسرعًا متوجِّهًا إلى سيارة خالد.

يركب علي السيارة، وينظر إليه خالد، ويبدأ بالضحك.

خالد: حقيبة ظَهر؟! حقًّا! هل تظنُّ أنَّك مسافر؟!

يردُّ عليه علي مستغربًا: جلبتُ بعض الأشياء المهمَّة للرحلة، لا تسخر مني، ستشكرني لاحقًا حين تشعر بالجوع وتشتهي بعض الشيكولاتة.

يهزُّ خالد رأسه ضاحكًا، وينطلق بالسيارة وهي تجرُّ القارب خلفها.

الذكريات

طَوال الطريق وعلي يسترجع ذكريات طفولته، حيث كان يرافق والده المتوفَّى في رحلاتهم إلى البحر، ويتذكَّر نظراته لبعض العوائل التي قامت بتأجير قوارب للإبحار بها، ويتذكَّر ابتساماتهم وضحكاتهم وهم يُبحرون بسعادة على تلك القوارب، حيث إنَّ حلم طفولته هو أن يمتلك قاربًا للإبحار فيه.

وعلى الرغم مِن أنَّه لَم يحقِّق حلمه في امتلاك قارب إلَّا إنَّه سيخوض مغامرة جديدة وجميلة كثيرًا ما حلمَ بها.

تصل السيارة إلى منزال القوارب، ويبدأ خالد بإرجاع السيارة إلى الخلف باتِّجاه منطقة نزول القوارب، ثم يُوقِف السيارة لينزل منها متَّجِهًا إلى القارب في الخلف.

ينزل علي مِن السيارة وهو ينظر إلى منظر شروق الشمس، حيث بدَت وكأنَّها تخرج مِن البحر.

يستغلُّ الفرصة لالتقاط صُور رائعة بهاتفه، شمس يوم جديد، ومغامرة جديدة بانتظاره.

يلتفت إليه خالد منزعجًا ويقول: كفَّ عن ذلك (يقصد التصوير)، تعالَ إلى هنا وساعِدني!

يتَّجه علي إلى خالد وهو في حيرة مِن أمره، ويتساءل في نفسه: ما الذي يجب عليَّ فِعله؟!

وكما تجري العادة في كلِّ الرحلات يكون هناك شخص يلقي الأوامر ظنًّا مِنه أنَّه القائد.

وإليكم سيناريو قائد هذه الرحلة..

خالد: قِف هنا، سأقوم بإرجاع السيارة إلى الخلف وإنزال القارب إلى الماء، أمَّا أنتَ فراقِب مستوى الماء، لا نريد أن يقوم القارب بإغراق السيارة.

علي: قِف.. قِف.. أعتقد بأنَّ هذا يكفي.

ينزل خالد مِن السيارة، ويقوم بفكِّ حَبل القارب مِن السيارة، ويصعد إلى القارب.

خالد: قُم بإيقاف السيارة في المواقف القريبة هناك، وقابِلني عند منطقة رصيف الركَّاب، ولا تنسَ أن تجلب معك بطاقات الهويَّة الشخصية وهاتفي مِن السيارة.

يركب علي السيارة، ويوقِفها في الموقف بالقُرب مِن رصيف القوارب، ثمَّ يبحث عن محفظة خالد، ويُخرِج منها بطاقة الهوية الشخصية الخاصَّة بصديقه، ثمَّ يتذكَّر بطاقته، ويُخرِجها مِن محفظته، ويرمي المحفظتَين في صندوق السيارة.

يفتح الباب الخلفي للسيارة لأخذ حقيبته وبجانبها كيس بلاستيكي فيه بعض المعجّنات الخفيفة للأكل، ثمَّ يذهب مسرعًا باتِّجاه رصيف القوارب حيث ينتظره خالد.

ينادي علي: انظر ماذا وجدتُ؟ وهو يُحمِّل كيس المعجّنات عاليًا، ويبدأ بالضحك.

ولكنَّ خالد لَم يُبدِ اهتمامه لمزاح صديقه، وكان همُّه التحرُّك بأسرع وقت قبل أن تشرق الشمس.

يضع علي الكيس في حقيبته، ويركب القارب مسرعًا، ويخالجه شعور غريب تجاه صديقه، حيث بدا أنَّه يلقي الأوامر عليه والرحلة في أوَّلها.

ثمَّ تمتمَ خالد: ألا ترى أنَّ القارب صغير وبالكاد يكفينا؟! لَم أفهم ما سبب إحضارك لهذه الحقيبة! إنَّها رحلة بحرية وليست رحلة مدرسيَّة!

وضحكا معًا، وانطلَق القارب مسرعًا إلى المخرَج وهو يرتطم بأمواج البحر.

القارب

لَم تدُم سُرعة القارب طويلًا، ولزمَ التوقُّف بدايةً عند القارب الكبير المغطَّى مِن الأسفل بالصَّدَأ والطحالب.

يوجد شخصان على متن القارب الكبير يقومان بتسجيل خروج القوارب الصغيرة مِن المنطقة كإجراء للأمن والسلامة، قام خالد بتسليم بطاقات الهويَّة الشخصية لِيتمَّ تسجيل بياناتهما، ثمَّ تحرَّك القارب مجدَّدًا، ولكن هذه المرَّة دون توقُّف حتَّى يصلا إلى وجهتهما المرجوَّة.

علي: مَن هؤلاء الأشخاص على القارب الكبير؟

خالد: لقد قاموا بتسجيل بياناتنا في حال تُهنا في البحر، إنَّها إجراءات السلامة.

علي: وهل يتِيه الكثيرون في البحر؟

خالد: لا أعتقد ذلك، فهناك نظام طوارئ في معظم القوارب.

علي: هل هناك نظام على هذا القارب؟

خالد: نعم، ولكنَّني لَم أقُم بفحصه مؤخَّرًا، لا تقلَق، لن نبتعدَ كثيرًا، يجب أن نسبق أشعَّة الشمس الحارقة.

خالد: نعم، ولكنَّني لَم أقُم بفحصه مؤخَّرًا، لا تقلَق، لن نبتعدَ كثيرًا، يجب أن نسبق أشعَّة الشمس الحارقة.

البحر

يقود خالد القارب بسرعة كبيرة والفرحة تملأ قلبه؛ فلا يوجد ما يشغل فِكره الآن سِوَى الاستمتاع بفصل الصيف قبل سفره لاستكمال دراسته في الخارج.

كان يأخذ نفَسًا عميقًا، ثمَّ يلتفت إلى صديقه قائلًا: سوف أشتاق إلى البحر وحرارة الشمس كثيرًا، ولا أدري كيف لي أن أعيش بدون قاربي والبحر، ولكنّي متأكِّد أنّي سوف أعود إليه متى ما سنحت لي الفرصة.

وفي تلك الأثناء يسمعان صوتًا قويًّا لشيء يرتطم بالقارب مِن الأسفل.

علي وهو يصرخ بصوت عالٍ بسبب قوَّة الرياح: ما ذلك الصوت؟

خالد: لا شيء، ربَّما شيء كان يطفو فوق سطح الماء، ربَّما اصطدمنا بنورس يسبح في الماء (وهو يضحك).

يلتفت علي إلى حقيبته التي تتطاير مع كلِّ اصطدام يصطدمه القارب بالأمواج المعاكسة للقارب، ثمَّ ينادي خالد:

حقيبتي تتطاير في الهواء، أين يمكنني وضعها؟

خالد: ضعها في الصندوق تحت مقعدك.

يرفع علي مقعده، حيث يتبيَّن أنَّه في الواقع صندوق لِحفظ السمك، ويرى بداخله القليل مِن الماء المتجمّع.

علي: هناك بعض الماء في الصندوق!

خالد: ربَّما هو ماء متجمّع مِن رحلتي السابقة؛ حيث إنَّني أضع بعض الثلج فيه لحفظ السمك في الرحلات الطويلة، وقد نسِيتُ الثلج هذه المرة.

يغلق علي الصندوق دون وضع الحقيبة فيه حتَّى لا تبتلَّ، ويضعها بين قدمه ليُثبتها.

ينظر علي مِن حوله ليرى أنَّ اليابسة بدأت تختفي شيئًا فشيئًا.

علي: ألَم نبتعِد كثيرًا؟

خالد: المنطقة هذه تمرُّ فيها سُفن الشحن وسُفن الصيد، هناك منطقة على جهاز الرادار الخاص بي أقوم بالصَّيد فيها، وهناك الكثير مِن الأسماك هناك.

ينظر علي إلى مقود القارب ليرى بالقرب منه رادارًا صغيرًا، ويطمئنَّ لوجود جهاز يقوم بتوجيههما، ثمَّ يلتفت يمينًا وشِمالًا في القارب وكأنَّه يبحث عن شيءٍ ما.

علي: أين يمكنني شحن هاتفي؟ لقد فرغَتِ البطاريَّة.

خالد: شحن البطارية؟! هذا قارب صيد بسيط وليس يختًا! لماذا لَم تقُم بشحنه في البيت؟!

علي: نسِيتُ.

خالد: هذا أفضل، الآن يمكنك الاستمتاع بالمناظر الطبيعية.

يضع علي هاتفه في حقيبته، ثمَّ يسمع صوت المحرِّك وهو ينطفئُ، ويبدأ القارب بالتباطؤ إلى أن يتوقَّف.

خالد: هذه هي المنطقة الجيِّدة التي أخبرتُكَ عنها.

يلتفت خالد إلى علي ثمَّ يسأله: ماذا بكَ؟ هل تشعر بالدُّوار؟

علي: نعم.

خالد: خُذ... هذا دواء لدُوار البحر، وكُل بعضًا مِن المعجّنات؛ حيث إنَّك ستشعر بالتحسُّن بعد قليل، استرح قليلًا إلى أن أجهِّز عدَّة الصيد.

يجلس علي على أرضيَّة القارب، ويبدأ بأكل المعجّنات، بعدها يتناول حبَّة دواء دُوار البحر، ويستلقى على أرضيَّة القارب مغمِضًا عينَيه.

أمَّا خالد فيبدأ بإخراج أدوات الصيد (خيط عليه صِنَارة وبعض الروبيان المقطَّع)، ويقوم بوضع الطُّعم على الصِّنَارة، ويرمي الخيط في الماء.

خالد: خُذ.. أمسِك بهذا الخيط، أظنُّ بأنَّكَ تعرف كيفية صيد السمك، أليس كذلك؟

علي: بالتَّأكيد.

يمسك علي بالخيط بيده اليمنى وهو مستلقٍ على أرضية القارب، ويغطِّي بيَده اليسرى عينَيه مِن أشعَّة الشمس.

فجأة بدأ خيط علي بالاهتزاز، ثمَّ ينهض ويصرخ: أمسكتُ بشيء.. أمسكتُ بشيء!

يسحب علي الخيط وإذا بها سمكة صغيرة بحجم كفِّ اليد.

خالد: إنَّها صغيرة جدًّا، ولكن الآن يمكنك أن تخبر الناس بأنَّكَ أنجزتَ شيئًا في حياتك (ساخِرًا).

علي: هل أُرجِعها إلى البحر؟

خالد: لا، قد نستفيد منها كطُعم للأسماك الكبيرة في حال نفد الطُّعم لدَينا.

يخلع خالد قميصه، ويقفز إلى الماء، ثمَّ ينادي إلى علي: هيًّا اقفز.. الماء منعش، لا تقُل لي إنَّنا قطَعنا كلَّ تلك المسافة لتبقَى في القارب فقط!

علي: ألا توجد أسماك القرش في البحر؟

خالد: بالطبع لا، حتَّى إن وُجِدَت فإنَّها صغيرة وتأكل الأسماك الصغيرة فقط، الأسماك الكبيرة موجودة فقط في الأفلام التي تشاهدها.

يفتح علي حقيبته، ويُخرِج نظَّارات الغَوص، يلبسها ويقفز في الماء.

خالد: سوف أسترخي قليلًا فوق الماء، راقِب القارب ولا تجعَلنا نبتعد عنه كثيرًا.

يسترخي خالد فوق الماء وهو يغمض عينَيه، ويبدأ علي بالغوص بالقرب مِن سطح الماء، وهو يحاول مشاهدة الأسماك تحت الماء، ولكنَّه لا يرى شيئًا، حيث إنَّ البحر غير صافٍ، ويبدو كالضباب.

يحاول الغوص أكثر، غير أنَّ ماء البحر يقوم بدفعه إلى الأعلى.

يشعر علي بيد تلمس كتفه، وتشير إليه بأن يرفع رأسه مِن تحت الماء، يرفع رأسه ويسمع خالد وهو يصرخ: أين القارب؟ لماذا تركتَ القارب يبتعد عنَّا؟

يخلع علي النظَّارة، ويبدأ بمسح وجهه مِن الماء المالح، محاوِلًا البحث عن القارب وهو في حالة ذعر، يلتفت مِن حوله، ولكنَّه

لا يستطيع النظر بوضوح بسبب الماء على وجهه، ثمَّ يسمع خالد وهو يضحك، ليلتفت خلفه ويرى القارب قد ابتعَد قليلًا عنهما.

خالد: هيَّا نسبح إلى القارب حتَّى لا يبتعد كثيرًا، يبدو أنَّ هناك تيّارًا يسحبنا بعيدًا عنه.

يسبح خالد إلى القارب وخلفه علي، ويصعد خالد إلى القارب ويقف في ذهول، ينظر علي إلى وجه خالد ونظرات القلق على وجهه، ثم يناديه: كفاكَ مزاحًا، لن أصدِّقك بعد الآن، كفى.

ثمَّ يصعد علي إلى القارب، ويرى أنَّ القارب قد امتلأ إلى منتصفه بالماء، فيصرخ: ماذا حدث؟! مِن أين أتى كلُّ هذا الماء؟!

لَم يردَّ عليه خالد، وباشَر بمحاولة إخراج الماء مِن القارب بيدَيه، ثم بدأ علي بمساعدته، ولكن لا يبدو بأنَّ الماء يقِلُّ، بل يزداد شيئًا فشيئًا.

يبدأ علي بالصراخ في هلع: ماذا نفعل؟ هل القارب يغرق؟ هل سيَأتي أحد لإنقاذنا؟

يُخرِج خالد سترة نجاة مِن تحت مقعده، ويعطيها إلى علي: خذ البس هذا، القارب يغرق، وهذا سيساعدك على العوم فوق الماء.

علي: سترة واحدة فقط؟! أين سترتك؟ لا أريدها، خذها أنت.

خالد: اصمت والبس السترة، ودعني أفكِّر في حلٍّ.

يخلع خالد المقعد الطويل كونها قابلة للطفو فوق الماء،
ويقفز في البحر وهو ينادي علي: اقفز.. يجب أن نبتعد عن
القارب حتَّى لا يسحبنا إلى القاع معه.. اقفز!

يلبس علي سترة النجاة، ثمَّ يأخذ حقيبته ويلبسها على
كتفه، ويقفز في البحر، ويسبح مبتعِدًا عن القارب.

ينظر الاثنان إلى القارب وهو يغرق في الماء، والحيرة ترتسم
على وجههما!

العاصفة

أخذ الاثنان يطفُوان فوق سطح الماء لبضع ساعات، وبدأتِ الشمس تختفي شيئًا فشيئًا وكأنَّها تغوص في البحر، هل تكون تلك آخِر مرَّة يشاهدان فيها غروب الشمس؟!

علي: هل سيأتي أحد لإنقاذنا؟

خالد: لا أعلم.. لا أعلم (بصوت منخفض ويائس).

أحسَّ خالد بشيء يلمس رجله في الماء ويصرخ: ما هذا؟ ما الذي لمس رِجلي؟!

علي: آسِف آسِف.. إنَّها رِجلي.

خالد: لا عليك، انظر.. هناك غيوم سوداء تتجمَّع في الأفق، أخشى أن تكون هناك عاصفة قادمة.

علي في هلع: ماذا نفعل الآن؟! ماذا لو كانت عاصفة فعلًا؟

خالد: لا أعلم، لا تقلق، فسترة النجاة لن تجعلك تغرق.

علي: ولكن ماذا عنك؟!

يمسك خالد بطرف السترة، حيث بها حبل قصير، ويربطها حول معصمه، ثمَّ يمسك بالسترة مِن الخلف وهو يقول: يجب أن نبقى بالقرب مِن بعضنا البعض، قد تمَرُّ العاصفة بالقرب منَّا فقط.

علي وخالد يطفوان فوق الماء وهما ينظران إلى العاصفة وهي تقترب أكثر فأكثر، والأمواج ترتفع أكثر وأكثر، ولكن سترة النجاة تبقيهما فوق سطح الماء، وخالد يتمسَّك بالسترة بقوة.

وتزداد العاصفة، وتقترب أكثر وأكثر، ويحلُّ الظلام، ليختفِي الاثنان في العاصفة.

الجزيرة

يستيقظ علي علَى صوت الأمواج وهي ترتطم بالصخور ليجد نفسه على الرمال الحارَّة لشاطئ البحر، ووجهه محترق مِن أشعة الشمس، والرمل يغطِّي وجهه.

يحاول رفع رأسه ولكن جسده منهك جدًّا، يستجمع قُوَاه ليتمكَّن مِن الجلوس.

يلتفت يمينًا ويسارًا غير مستوعِب لِمَا حدَث، يبدو أنَّ العاصفة رمَته على هذا الشاطئ.

ينظر إلى سترة النجاة وقد تمزَّقَت مِن الطرف الذي كان فيه الحبل المربوط في معصم خالد.

ينهض علي مسرعًا ولكن جسده منهَك، ويبدأ بالبحث عن خالد.

يجد خالد ملقًى على مسافة قريبة منه، ويركض مسرعًا إليه.

علي: خالد.. خالد.. انهض.. لقد نجَونا..

خالد لا ينهض، ولكنه يتنفَّس، إنه مغمًى عليه، يرفع علي رأسه للسماء وهو يشكر الله، فقد أنقذ حبل سترة النجاة خالد مِن الغرق.

يلتفت علي خلفه، ليرى بعض الأشجار القريبة مِن الشاطئ، ويبدأ بجَرِّ جسد خالد إلى ظِلِّ تلك الأشجار بعيدًا عن أشعَّة الشمس الحارقة.

يخلع سترة النجاة ويضعها على الأرض، ثمَّ يجلس تحت الظل مستندًا إلى الشجرة وهو يشعر بالعطش.

يلتفت إلى خالد، ويتفحَّصه بعينَيه ليتأكَّد بأنَّه ما زال يتنفَّس، ولكن لا يبدو بأنه سيستفيق قريبًا.

ثمَّ ينهض علي ويتوجَّه إلى الشاطئ مرة أخرى للبحث عن أي شيء يمكنه الاستفادة منه، لكن لا يوجد على الشاطئ سِوَى الصخور والأصداف البحرية وبعض أغصان الشجر المكسو.

وفجأة يجد علي حقيبة الظهر، ويبدأ بالصراخ فرحًا.

يحمل الحقيبة، ولكنَّها شِبه فارغة، ولَم يتبقَّ فيها سِوَى قنينة الماء، ثمَّ يتَّجه إلى مكان تواجد خالد، وأثناء سيره يرى خطًّا طويلًا باللَّون الأحمر على الرمل، حيث كان يجرُّ جسد خالد.

قال علي ونظرات الرعب تعلو وجه: إنه دم!

يركض علي متَّجِهًا نحو خالد، ويبدأ بتفقُّد جسده، ليجد جرحًا عميقًا في ساق خالد.

ويبدأ بالتفكير في طريقة لإيقاف النزيف، فيمزِّق جزءًا مِن قميصه ليربطه حول الجرح، ولكن الجرح يملؤه التراب، ويجب عليه أن ينظِّف الجرح قبل أن يضمِّده، فيُخرِج قنينة الماء مِن حقيبته، ولكنَّها ممتلئة حتَّى منتصفها فقط، وينظر إلى القنينة تارةً ثمَّ ينظر إلى الجرح، ويعلم بأنَّ هذا الماء ثمين، فهو ماء للشرب، ولكن يجب تنظيف الجرح.

ينهض ويركض إلى الشاطئ، ويملأ فمه بماء البحر، ثمَّ يعود إلى خالد، ويبصق الماء على الجرح، ولكنَّه لا يكفي لتنظيف الجرح، ويعيد الكَرَّة مرتَين حتَّى ينظِّف الجرح، ثمَّ يقوم بتضميده بقميصه الممزَّق.

الآن بعد أن ضمَّد الجُرح وأوقَف النزيف، زاد عطشه، فالماء المالح الذي بصقه زاد مِن عطشه، فأخذ قنينة الماء وشرب منها قليلًا محاوِلًا الحفاظ على كميَّة الماء، ثمَّ جلس مُسنِدًا رأسه إلى شجرة وهو ينظر باتِّجاه البحر لعلَّه يرى قاربًا أو سفينة.

يغفو علي مِن شدَّة التعب، فالجوع والعطش قد تغلَّبا عليه، ثمَّ ينهض ويتَّجِه إلى منتصف الجزيرة، حيث تزداد كثافة

الأشجار فيها، ويحاول استكشاف الجزيرة لعلَّها جزيرة سياحية
أو بها بشَر آخَرون.

الكهف

أخذ علي يمشي ويمشي وهو يتعمَّق في الجزيرة، حيث تزداد كثافة الأشجار.

ينظر إلى الأعلى، علَّه يجد مكانًا مرتفعًا يمكِّنه مِن رؤية الجزيرة بأكملها بصورة أوضح، يمشي لفترة قصيرة قبل أن يجد جبلًا صغيرًا وفيه كهف صغير.

نظر إلى داخل الكهف ولكنَّه ليس سِوَى فتحة في الجبل ليسَت عميقة، ولا يوجد بها شيء.

صعد إلى أعلى الجبل الصغير، ونظر مِن حوله ليرى بأنَّها جزيرة صغيرة، ولا توجد حولها سِوَى الصخور ومياه البحر محيطة بها مِن كلِّ جانب، ممتدَّة إلى أبعد ما تراه عينَاه.

نزل مِن الجبل، وجلس بالقرب مِن الكهف وهو يفكِّر، والحزن واليأس على وجهه؛ فهو يعلم بأنَّه لن يستطيع الصمود على هذه الجزيرة.

نهض وعاد إلى الشاطئ ليرى بأنَّ خالد قد استفاق، جرى باتِّجاهه، وسجدَ سجدةَ شكر، والدموع تملأ عينَيه.

خالد: ماذا حدث؟ أين نحن؟!

علي: لا أعلم.. إنَّها جزيرة نائية، لَم أجد فيها أحدًا.

خالد: رأسي يؤلمني.. أشعر بالعطش الشديد.

علي: خُذ.. اشرب بعضًا مِن هذا الماء النظيف.

رفع علي رأس خالد، وقرَّب قنينة الماء مِن فمه وهو ينظر بحزن إلى كميَّة الماء التي تقلُّ أكثر فأكثر.

خالد: أريد المزيد، أشعر بالعطش الشديد.

علي: لا نملك المزيد منه، لقد نفِد منَّا الماء، لقد بحثتُ وبحثتُ، ولَم أجد مصدرًا للماء النظيف.

خالد وهو يتألَّم: ساقي تؤلمني كثيرًا.

علي: يوجد بها جرح صغير قمتُ بتضميده، لا تقلق، يجب أن أبحث عن شيء لنأكله، سوف أعود بأسرع وقت.

ينهض علي ويتَّجه إلى الطرف الآخَر مِن الجزيرة، وأثناء مشيه تقع عينَاه على ثمرة جوز الهند ساقطةً على الأرض، يفرح لأنَّه يعلم بأنَّ ثِمار جوز الهند بها ماء جوز الهند، وهو صالح للشرب، كما أنَّه يمكنهما أكل ما بداخله.

ويبدأ بجمع ثِمار الجوز الساقطة على الأرض، ليكتشف بأنَّ بعضها قد أصابها العفن، فيرميها بعيدًا.

يعود إلى الطرف الآخَر مِن الجزيرة حيث يستريح خالد، حاملًا معه ما وَجد مِن ثِمار جوز الهند، ويضعها بالقرب مِن خالد، ثمَّ يبحث عن شيء ليكسر به الثِّمار.

يأخذ حجرًا صغيرًا، ويضرب به الثمرة عدَّة مرَّات محاولًا كسرها، فتتكسَّر ويتراشق ماؤها على الأرض.

خالد: ماذا تفعل؟ سكبتَ الماء على الأرض، يجب أن تضربها بخفَّة.

علي: حاولتُ ذلك ولكنَّها صلبة جدًّا.

ثمَّ يأخذ حجرَين صغيرَين مجوَّفَين، وغسلهما بماء البحر، ليستخدمهما كملعقة لأكل ثمرة جوز الهند مِن الداخل.

خالد: ربَّما يمكنك البحث عن حجر كبير وحادٍّ لتستخدمه في شقِّ الثِّمار حتَّى لا ينسكبَ ماؤها مرة أخرى.

ينهض علي ويبحث عن حجر حادٍّ، ولكنَّه لا يجد شيئًا، فيعود إلى ثمار الجوز التي جمعَها للمحاولة مرَّة أخرى، ولكن هذه المرَّة أيضًا يقوم بسكب مائها على الأرض، ثمَّ يغضب ويرمي الحجر بقوَّة على صخرة كبيرة بالقرب منهما، فتتكسَّر إلى ثلاثة أجزاء، أحدهم حادٌّ.

يضحك خالد وهو يتألَّم: هل يجب أن أقلق عليك؟

يأخذ علي ثمرة، ويقوم بشقِّها مستخدِمًا الحَجر الحادَّ، وبالفعل يُحدِث شقًّا فيه، ويشربان منه.

علي وهو يضحك: هذه ألذُّ ثمرة جوز هند تذوَّقتُها في حياتي.

خالد: بدأ الظَّلام يحلُّ، يجب أن نحاول إشعال النار.

علي: استرِح ولا تتحرَّك، سأحاول إشعال النار، أعتقد أنَّ الموضوع سهل.

ينهض علي ويجمع أغصان الشجر الميت، وبعض أوراق الشجر اليابس، ثمَّ يقوم بجمع بعض الأحجار، ويضعها بشكل دائري، ويحفر حفرة في منتصفها، ويضع أوراق الشجر اليابس في الحفرة، ثمَّ يأتي بحجرَين ويدقُّهما ببعض بقوة عدَّة مرات محاوِلًا إشعال شرارة، ولكن دون جدوى.

خالد: لا أعتقد بأنَّ تلك الطريقة فعَّالة، ربَّما يمكنك تجربة حكِّ عصوَين ببعضهما البعض.

يأخذ علي عصوَين، ويضع إحداهما في الحفرة ممسكًا بها مِن الأعلى، والأخرى يحكُّ بها العصا الواقفة مِن الأسفل بيده الأخرى بالقرب مِن أوراق الشجر اليابس.

يستمرُّ على ذلك لعدَّة دقائق بل لساعات، ولكن دون جدوى، حيث إنَّ يدَيه قد بدأت تتقرَّح، فيناديه خالد: توقف..

يكفي ذلك، لا يمكننا تحمُّل إصابة أخرى، يبدو أنَّ الجوَّ عادي الليلة، كما أنَّ القمر ينير الجزيرة بأكملها.

يستلقي علي بالقرب مِن خالد وهما ينظران إلى السماء.

علي: هل لاحظتَ بأنَّ عدد الطائرات التي تطير فوقنا قليل جدًّا مقارنةً بعددها في المدينة؟

خالد: أجل، كما أنَّ النجوم واضحة جدًّا.. ثم قال: جسدي يؤلمني كثيرًا، أظنُّ أنَّه مِن الأفضل لي أن أرتاح قليلًا.

علي: عندما استيقظتُ على الشاطئ، كنتُ قلِقًا جدًّا، فقد اعتقدتُ بأنَّكَ غرقتَ في البحر، لا أعلم كيف كنتُ سأصمد وحدي؟!

خالد: شكرًا على كل شيء، أعلم بأنَّني عبء كبير عليك، ولكنَّني أعدك بأنَّني سأتحسَّن، وربَّما أبدأ بصيد السمك غدًا، وسأقوم بتحضير وجبة أفضل مِن طبق جوز الهند.. (ضاحكًا).

أغمض علي عينَيه وهو يبتسم، لكن في داخله حزن شديد، فهو لَم يقُم بتوديع أمِّه أو إخوته، ولا يعلم إن كان سيراهم قريبًا أم لا.

حاول علي النوم، ولكنَّه لَم يستطِع، حيث إنَّ خالد بقيَ يتأوَّه طوال الليل إلى أن نام مِن شدَّة الألم، ليتمكَّن علي بعدها مِن النوم.

الوقت

استيقَظ علي مِن شدَّة حرارة الشمس، والتفت إلى خالد ليطمئنَّ عليه، ليجده نائمًا.

نهض بهدوء حتَّى لا يوقظ صديقه المصاب، ليبدأ بالبحث عن الطعام.

يقرِّر جَمع جميع ثِمار جوز الهند المتساقط، وأخذها إلى مكان مبِيتهما على الشاطئ كي يبدأ بتجهيز الطعام، ثمَّ يبدأ في محاولات يائسة لإشعال النار مرة أخرى، ويستمرُّ بذلك طوال اليوم.

يستريح قليلًا، ثمَّ يكمل محاولة إشعال النار إلى أن يحلَّ الظلام، وخالد يراقبه بحزن، وحينما يحلُّ الليل يستلقيان بجانب كومة جوز الهند، إلى أن يغلب عليهما النعاس.

يستمرُّ الوضع على ذلك لعدَّة أيام، ينهض علي، ويجهِّز الطعام، ثمَّ يبدأ في محاولة إشعال النار، أحيانًا يمرُّ يوم كامل دون أن يتفوَّه أحدهما للآخَر بكلمة، وأحيانًا يتشاجران حول إمكانية

أكل الأسماك المَيِّتة على الشاطئ، خاصَّةً وأنّهما لَم يتمكَّنا مِن إشعال النار لطبخها، أو محاولة صيد السمك بيدَين خاليتَين.

وفي أحد الأيام، بعد الكثير والعديد مِن المحاولات الفاشلة لإشعال النار، استسلم علي للواقع.

علي: البرامج الوثائقية والأفلام تجعلك تعتقد بأنه يسهل العيش على جزيرة نائية وحدك، يا للسخرية!

خالد: على الأقَل تعلَّمتَ كيفية تضميد الجروح، وشقّ ثِمار جوز الهند.

علي: أجل أجل، أولويَّات الحياة على الجزيرة.

ثم ترتسم نظرة غريبة على وجه علي، ويلتفت يمينًا ويسارًا.

علي: هل تشمُّ تلك الرائحة؟

خالد: أي رائحة؟

علي: هناك رائحة عفنة.

خالد: ربما أتت مِن بقايا ثِمار جوز الهند المرمي بالقرب مِنّا.

ينهض علي ويبدأ بجمع ثِمار جوز الهند، ويرميها في البحر لتسحبها أمواج البحر، ثمَّ يعود إلى خالد.

علي: ما زالت الرائحة موجودة!

خالد: انتظِر قليلًا وستزول.

يمدُّ علي يده خلفه للوصول إلى ثِمار جوز الهند، ليجد بأنَّه لَم يتبقَّ منها سِوَى ثَمرة واحدة متعفِّنة، فيحملها ويرميها في البحر.

علي: يجب أن أبحث عن ثِمار أخرى، سأعود بعد قليل.

ثمَّ يتوجَّه إلى الأشجار باحثًا عن ثِمار جوز الهند، ويقوم بالتجوُّل حول الجزيرة بأكملها، ولَم يجد أيَّ ثِمار، حتَّى إنَّهما أكلا الثِّمار الصغيرة غير القابلة للأكل، فعاد إلى خالد ليخبره بالمصيبة الجديدة التي حلَّت عليهما.

علي: مسحتُ الجزيرة بأكملها، ولَم أجد أيَّ ثمرة، لقد أكلناها كلَّها.

خالد: والحل؟ هل أنتَ متأكِّد مِن ذلك؟

علي وهو غاضب: أجل! لماذا لا تنهض وتبدأ بالبحث بنفسك؟ أعتقد بأنَّ ساقك أصبحَت أفضل الآن.

يقوم علي بالإمساك بيَد خالد في محاولة لرفعه، وخالد يصرخ مِن الألم.

علي: أخبرتُكَ بأنَّه يجب علينا تقاسُم الثِّمار، ولكنَّك أصررتَ على أكل ثمرة كاملة وحدَك، انظر ماذا فعلتَ الآن؟ سوف نهلك بالتأكيد.

فيجلس الاثنان في صمت، بعدها ينهض علي ويبحث عن ثمرة جوز الهند المتعفِّنة التي رماها في البحر، ولكن الأمواج

سحبتها بعيدًا، ثمَّ يعود علي إلى الشاطئ حزينًا، ويجلس بعيدًا عن خالد، وخالد ينظر إليه في فضول عمَّا كان يفعله.

الأمل

في الصباح الباكر مِن اليوم التالي، يستيقظ الاثنان على قطرات المطر، ولشدَّة الفرح ينسى الاثنان بأنهما على خصام، ويقوم علي بالرقص في المطر، وخالد يفتح فمه محاوِلًا شرب ماء المطر، ثمَّ يبحث علي عن شيء لجمع ماء المطر المتساقط، فلا يجد سِوَى طَوق النَّجاة المقاوِم للماء، ولحُسن الحظِّ بأنَّه ممزَّق وبه فتحة يمكن استخدامها لجمع ماء المطر.

يبدأ علي بجمع مياه المطر المتساقطة في السترة عن طريق أوراق شجر جوز الهند الكبيرة إلى أن تمتلئ، ثمَّ يشربان منها، ويقومان بملئها مرةً أخرى.

بعدها يتَّجه علي إلى البحر، ويقوم بجمع الأسماك الميِّتة الملقاة على الشاطئ، ويحملها إلى خالد، ويبدأ كلُّ منهما في الأكل منها دون التفوُّه بكلمة.

ويتوقَّف المطر، ويبدأ جسدهما بالشعور بالبرد الشديد، فالمطر توقَّف ولكنَّ الرياح أتت، وهي رياح باردة، والشمس شارفَت على المغيب.

ويزداد الألم في بطنِهما، لا يعلمان إن كان مِن الجوع أم مِن الأسماك العفنة التي أكلاها.

علي: هناك كهف في منتصف الجزيرة، قد يكون مكانًا أدفأ مِن الشاطئ.

ثمَّ يحمل علي خالد، ويساعده على المشي على رِجل واحدة، ولكن الإنهاك يتغلَّب عليهما، ويصلان إلى الكهف بشقِّ الأنفس. يستلقيان داخل الكهف، ولكنه عبارة عن فتحة صغيرة في جبل صغير، المكان غير دافئ، ولكنه يحميهما مِن الرياح الباردة. يستلقي علي علَى ظَهره؛ حيث إنَّ التعب والجوع تغلَّب عليه، ويجلس خالد متَّكِئًا على جدار الكهف.

علي: مِن الغريب أنَّ الرائحة العفنة ما زالت موجودة!

خالد: ربَّما مصدرها الكهف.

يقترب علي مِن الكهف، ويبدأ في البحث عن الرائحة.

علي: أنتَ محقٌّ، كلَّما اقتربتُ مِن الكهف أصبحَتِ الرائحة أقوى!

خالد: ربَّما هناك حيوان ميّت أو...

علي: ششش.. اسمَع!

فجأة يسمعان صوت غريب قادمًا مِن بعيد، ولكنَّه مألوف، يحاول الاثنان تحديد مصدر الصوت.

علي: إنَّها طائرة مروحية، إنَّه صوت مراوحها، لقد أتَوا لإنقاذنا.

ينهض علي بسرعة للركض باتِّجاه الطائرة التي تطير بالقرب مِن الشاطئ.

خالد: انتظِرني.. أرجوك لا تدعني وحدي.. أرجوك (وهو يبكي).

علي يلتفت للخلف ويرى وجه خالد، ثمَّ يعود ويحمله بسرعة، ويجرُّه بين الأشجار وهو ينظر إلى الأعلى في محاولة لرصد الطائرة المروحية.

يصلان إلى الشاطئ ليجدا بأنَّ الطائرة المروحية قد ابتعدَت كثيرًا، ثمَّ يرمي علي نفسه على الأرض مستسلِمًا.

علي (باكيًا): لا أستطيع.. لا يمكنني الاستمرار على هذا.. أشعر بالجوع الشديد، وجسدي غير قادر على الاستمرار.

خالد: كيف لَم يرَونا؟! ربَّما سيعودون، يجب أن يعودوا!

علي (غاضبًا): اصمت.. اصمت.. لولاك لَمَا رحلَتِ الطائرة، لولاك لَمَا نفِد الطعام، ولولاك لَمَا تواجدتُ هنا على هذه الجزيرة

وأنا أنتظر الموت أن يأتي، جسدي ضعيف، لا يمكنني الصمود أكثر، كفى.. لا أستطيع.. لا أستطيع!

ثم يستلقي على الأرض وهو يبكي ويردِّد: لا أستطيع.. لا أستطيع.

وتمضي فترة طويلة وهو مستلقٍ لا يستطيع رفع رأسه مِن شدَّة التعب والجوع، فقط كان ينظر إلى السماء، حتَّى إنَّه لا يستطيع إبقاء عينَيه مفتوحتَين مِن شدة التعب.

يغمض عينَيه مستسلِمًا، وفجأة يسمع صوت شخص يصرخ: لقد وجدناهما.. إنَّهما هنا.. لقد وجدناهما.

علي (يكلِّم نفسه بصوت داخلي): هل عادوا؟! يا إلهي! لقد عادوا!

ولكنه لا يستطيع رفع رأسه لينظر إليهم مِن شدة التعب.

ويسمع صوتًا آخَر يقول: لقد وجدتُ أحدهما، إنَّه على قيد الحياة.

علي وهو مستلقٍ على ظَهره يرى رجلًا يحمل مصباحًا ويسلِّطه في عينَيه، وعلي يحاول رؤية وجه الرجل، ولكنَّه لا يرى سِوَى صورة سوداء بسبب نور المصابيح الساطعة في وجهه.

ثمَّ يسمع صوتًا آخَر يقول: لقد وجدتُ الآخَر، إنَّه ميِّت!

عليّ (يفكِّر في نفسه):"ميّت؟! مَن يقصدون بالميّت؟! خالد؟! كيف مات؟! ألم يتمكَّن مِن الصمود لبضع دقائق حتَّى ينقذونا؟!

ثمَّ يسمع أحد المسعفين وهو يقول: يبدو أنَّه متوفٍّ منذ فترة طويلة؛ فلقد تعفَّنَتِ الجثَّة!

عليّ بصوت داخلي: ميّت منذ فترة طويلة؟! لا.. غير صحيح.. لقد كنتُ أتحدَّث إليه قَبل قليل! لماذا وصفوا جثَّته بأنَّها متعفِّنة؟! هل كان ميّتًا طوال تلك الفترة؟! ولكنَّني كنتُ أتحدَّث معه كلَّ يوم! هل كنتُ أتحدَّث إلى جثَّة؟!

نعم.. بدأت رائحة العفن تَظهر منذ فترة طويلة، ولكن متى مات؟! هل فقدتُ عقلي وكنتُ أتحدَّث إلى جثَّة؟!

عليّ مستلقٍ على الشاطئ، ورجال الإسعاف وإنارة المصابيح من حوله، وصوت مراوح الطائرة المروحية، وأصوات رجال الإنقاذ تختفي تارة وتظهر تارة، وعليّ يفكِّر في نفسه: هل فقدتُ عقلي وكنتُ أتحدَّث إلى جثَّة طوال هذه المدَّة؟! هل فقدتُ عقلي وبدأتُ أتخيَّل بأنَّ رجال الإنقاذ عادوا لإنقاذي؟! هل فِعلًا رأيتُ طائرة مروحية أم كنتُ أتخيَّل ذلك أيضًا وأنا أجرُّ جثَّة صديقي في الجزيرة؟! هل أنا حقًّا على هذه الجزيرة أم أنَّني فقدتُ عقلي وبدأتُ بتخيُّل كلِّ تلك الأحداث؟! هل متُّ؟!

هل سأعود إلى منزلي وعائلتي أم سأبقى هنا إلى الأبد؟ هل جُنِنتُ؟!

النهاية